Jennifer D. Aston
Estella und der Ring des Phönix

AF191321

Jennifer D. Aston

Estella und der Ring des Phönix

Roman

Bibliografische Information der Deutschen Nationalbibliothek:
Die Deutsche Nationalbibliothek verzeichnet diese
Publikation in der Deutschen Nationalbibliografie; detaillierte
bibliografische Daten sind im Internet über http://dnb.dnb.de
abrufbar.

Verlag: BoD · Books on Demand GmbH, Überseering 33,
22297 Hamburg, bod@bod.de

Druck: Libri Plureos GmbH, Friedensallee 273, 22763
Hamburg

ISBN: 978-3-8192-4820-7

Inhaltsverzeichnis

KAPITEL 1: STILLE NACH DEM STURM

Der Morgen war sonnig, und doch trug er einen eigenartig kühlen Ton. Estella stand barfuß auf den Fliesen der steinernen Veranda, eine Erscheinung wie aus einem Gemälde der Jahrhundertwende – aufrecht, graziös, und von jener unangestrengten Eleganz, die man nicht erlernen kann. Ihr langes, dunkelgrünes Seidenkleid, schlicht im Schnitt, aber fließend in der Bewegung, schmiegte sich an ihren Körper, als wäre es Teil von ihr. Das mahagonifarbene Haar, locker im Nacken zusammengebunden, glänzte im frühen Licht.

Ihre Haut war hell und makellos, ihr Blick – wach, prüfend, und zugleich entrückt, als könne sie durch Mauern sehen. Die Gärten des Anwesens lagen still da, akkurat gepflegt, beinahe zu perfekt – wie eine Inszenierung. Die Kälte, die sie spürte, kam nicht von außen.

Es war nicht das erste Mal, dass sie sich selbst dabei ertappte, wie sie Ruhe erwartete, wo ihr Leben längst keinen Raum mehr dafür ließ. Nach allem, was sie mit der Yakumara erlebt hatte – nach Dschungel, Verrat, Erkenntnis und Hingabe –, hatte sie geglaubt, der Sturm sei vorüber. Doch er hatte nur die Richtung gewechselt.

Marguerite hatte es ihr nicht direkt gesagt, aber ihre Blicke waren wachsam. Lucien war seit Tagen in seiner Werkstatt – ein ehemaliger Geheimdiensttechniker, der seit Jahren als Estellas diskreter Problemlöser im digitalen Schatten operierte. Und Emanuel ... Emanuel war nicht mehr greifbar. Einst ein idealistischer Entwicklungshelfer, hatte er Estella im Dschungel kennengelernt – inmitten der Suche nach der sagenumwobenen Yakumara. Dort hatte sich nicht nur ihr Schicksal miteinander verknüpft, sondern auch ihre Herzen. Doch Emanuel war mehr als der Mann an ihrer Seite: Er war ein brillanter Analytiker, ein Grenzgänger zwischen Empathie und strategischer Kälte – und seit seiner Rückkehr aus Südamerika auch ein Mann, der zunehmend gegen innere Schatten kämpfte, die er nicht benannte. Körperlich war er da, in langen Gesprächen mit internationalen Partnern der Stiftung, in den Medien, in Meetings. Aber innerlich war er fort., in langen Gesprächen mit internationalen Partnern der Stiftung, in den Medien, in Meetings.

Estella zog sich in den Wintergarten zurück, wo sich der Duft von Jasmin mit dem ihrer Teetasse vermischte. Auf dem Tablet vor ihr öffnete sich das Briefing für eine anstehende Konferenz in Brüssel – die Lorient-Stiftung sollte dort eine neue Partnerschaft mit mehreren Forschungsinstituten vorstellen. Die Reden waren vorbereitet, die Inhalte abgestimmt. Und doch stand in der Presse am nächsten Tag ein ganz anderer Text.

„Lorient-Stiftung kündigt politische Allianz mit Tech-Giganten an – Kritik an Machtkonzentration wächst"

Estella starrte auf die Schlagzeile. Sie hatte nie eine Allianz angekündigt. Die Redepassagen waren gefälscht, aber raffiniert genug, um wie eine interne Version zu wirken. Noch beunruhigender war, dass ein nicht autorisiertes internes Memo gleich mitveröffentlicht worden war – ein Memo, das es nie gegeben hatte.

Sie legte das Tablet zur Seite und stand auf. Der Raum fühlte sich plötzlich enger an. Marguerite trat ein, wie immer lautlos, und stellte ein zweites Glas Tee auf den Tisch. Sie war kein gewöhnliches Dienstmädchen – nicht in Haltung, nicht in Kleidung, nicht in ihrer Rolle.

Marguerite trug wie stets schlichte, geschmackvolle Kleidung in gedeckten Tönen – heute eine cremefarbene

Bluse mit Stehkragen und eine gerade, dunkelgraue Hose aus feinem Wollstoff. Ihr kastanienbraunes Haar war zu einem tiefen, eleganten Knoten gebunden, kein Schmuck, kein Duft, nur Präzision. Ihre Bewegungen waren ruhig, effizient, aber niemals unterwürfig. Zwischen ihr und Estella bestand ein unausgesprochenes Band – tiefer als das zwischen Herrin und Angestellter, subtiler als Freundschaft, aber durch Loyalität gesichert wie ein Eid. Estella sah sie fragend an.

„Ich habe mit der Küchenhilfe von der Gala in Paris gesprochen", sagte Marguerite leise. „Sie meinte, jemand habe gezielt nach Ihnen gefragt – aber nicht vorn im Saal. In der Garderobe des Personals."

Estella nickte langsam. „Was wollte man wissen?"

„Ob Sie empfänglich seien für politische Ambitionen. Und ob Ihre Beziehung zu Emanuel ... strategisch sei."

Estella lächelte kühl. „Man hält mich für käuflich."

„Oder für formbar", erwiderte Marguerite schlicht. Dann fügte sie hinzu: „Lucien bittet um eine halbe Stunde Ihrer Zeit. Es geht um ein Sicherheitssystem."

„Natürlich geht es um das", murmelte Estella. „Denn wir stehen bereits unter Feuer."

Sie trat ans Fenster. Der Garten draußen war perfekt. Zu perfekt. Und plötzlich wusste sie: Das war keine Phase. Es war der Beginn von etwas Neuem. Etwas Unheimlichem. Und sie musste bereit sein – nicht für einen weiteren Sturm, sondern für einen Krieg, der in Schatten geführt wurde.

Sie drehte sich um, nahm die Teetasse in die Hand und sah Marguerite an. „Sagen Sie Lucien, ich komme. Und bereiten Sie mir für morgen ein neues Kleid vor."

„Ein besonderes?" fragte Marguerite.

Estella nickte. „Eines, das Stärke ausstrahlt. Und Wachsamkeit."

Denn das Spiel hatte begonnen. Und sie würde darin keine Spielfigur sein. Sondern Spielerin.

KAPITEL 2: DIE SPUREN IM NEBEL

Der Tag begann grau in Singapur. Ein Dunstschleier lag über der Metropole, als wolle er die Hochhäuser verschlucken. Emanuel hatte sich ein kleines Zimmer in einem Hotel am Rand des Central Business District gemietet – unauffällig, nüchtern, wie seine Stimmung. Es war sein erster offizieller Auftrag für die Lorient-Stiftung seit seiner Rückkehr aus Südamerika, doch das hier war mehr als Recherche: Es war ein Stresstest für seine Loyalität.

In den Tagen zuvor hatte er sich wiederholt gefragt, ob er Estella überhaupt hätte verlassen sollen. Nicht physisch – schließlich war er nur verreist, nicht geflohen. Und doch hatte sich etwas zwischen ihnen gelegt. Etwas wie Nebel, der sich nicht mit Worten vertreiben ließ. Er hatte gehofft, dass die Hinweise, denen er hier nachging, sich als Missverständnis erweisen würden – vage Gerüchte, aufgebauscht von der Unruhe der Welt. Doch tief in ihm nagte die Ahnung, dass es mehr war. Etwas Größeres.

Er trug einen schmal geschnittenen Anzug in Mitternachtsblau, wie ein Schatten unter den Lichtern der Metropole. Das Café war unscheinbar – eine dieser glasgerahmten Oasen zwischen Banken und Botschaften, in denen Geschäftsgeheimnisse flüsternd zwischen Macchiato und Minztee weitergegeben wurden. Dort sollte das Treffen mit dem Informanten stattfinden – ein Sicherheitsberater, der angeblich an der Grenze zu etwas gestanden hatte, das größer war als er selbst.

Emanuel war früh da. Er bestellte schwarzen Kaffee und beobachtete durch die Scheibe das rhythmische Treiben auf der Straße. Ein Kellner, jung und wortkarg, stellte ihm das Getränk hin, nahm die Bestellung für einen zweiten Tisch auf und verschwand im hinteren Teil des Cafés.

Als der Informant erschien – ein hagerer Mann mit verwaschener Aktentasche, abgewetztem Jackett und nervösem Blick –, war es, als sei ein Schatten hereingekommen. Er setzte sich wortlos und bestellte bei dem Kellner einen Jasmintee. Der junge Mann nickte knapp, ging zur Bar, sprach leise mit dem Barista und stellte wenig später das dampfende Getränk auf den Tisch. Seine Bewegungen wirkten gehetzt. Emanuel bemerkte, dass der Kellner den Informanten nicht noch einmal ansah, und sobald die Tasse auf dem Tisch stand, verschwand er durch einen Nebenausgang nach hinten.

Es fiel auf, aber erst im Nachhinein sollte es Sinn ergeben. Die Augen des Informanten huschten nervös über den Raum, seine Hände zitterten leicht. „Ich habe nicht viel Zeit", setzte er an: „Ich habe etwas gefunden.

Es geht nicht nur um Spionage. Es ist ... Kontrolle.

Systematische Kontrolle."

Er legte einen USB-Stick auf den Tisch, schob ihn zu

Emanuel, als sei er heiß. „Sie nennen sich ‚Phönixring'.

Kein Staat, kein Konzern. Eine Idee, die Menschen

rekrutiert, die kompromittiert sind – oder

kompromittiert werden sollen."

Emanuel wollte gerade eine Frage stellen, als der Mann

plötzlich innehielt. Er griff nach seiner Teetasse – einer

zierlichen Porzellantasse mit grünem Rand – und trank

einen letzten Schluck, wie um seine Nervosität zu

beruhigen. Im nächsten Moment verkrampften sich

seine Gesichtszüge. Seine Augen wurden groß, ein

feuchter Glanz trat ein, dann griff er sich an den Hals,

rang nach Luft. Ein leiser Würgelaute entkam seinen

Lippen, bevor sein Körper zu zucken begann.

„Was zur Hölle …?" - Emanuel war aufgesprungen, sah hilflos zu, wie der Mann nach der Tasse griff, sie vom Tisch riss und auf den Boden stürzte. Die Teetasse zersprang in Scherben, dunkle Flüssigkeit breitete sich auf dem hellen Holz des Fußbodens aus. Der Körper des Informanten krümmte sich, ein fast klägliches Rasseln drang aus seiner Kehle. Menschen sprangen auf, ein entsetzter Aufschrei gellte durch den Raum. „Rufen Sie einen Arzt!", rief jemand. Ein anderer stürzte zum Tresen.

Emanuel kniete sich hin, zog die Jacke des Mannes zur Seite, versuchte, seinen Puls zu fühlen. Nichts. Die Haut war kalt, wachsig. Die Pupillen hatten sich starr geweitet. Es war zu spät. Eine blitzschnell wirkende Substanz – aller Wahrscheinlichkeit nach im Tee selbst, präzise dosiert und geruchlos. Vielleicht war die Innenseite der Tasse präpariert worden, vielleicht war es der letzte Tropfen, den der Kellner im Vorbeigehen unauffällig zugegeben hatte. Emanuel dachte an den Blick des Mannes, an seine Angst – und an den Kellner, der sofort verschwunden war. Kein Zweifel: Dies war kein Zufall. Es war eine Botschaft. Eine Warnung. Ein geplanter Mord.

Minuten später trafen zwei uniformierte Polizisten ein, gefolgt von einem forensischen Team. Emanuel hatte in der Zwischenzeit den USB-Stick in die Innentasche seiner Jacke geschoben. Er gab eine formale Aussage ab, nannte sich einen unabhängigen Rechercheur, zeigte seine offiziellen Akkreditierungen der Lorient-Stiftung – die unauffällig und international genug waren, um keine tiefer gehenden Fragen zu provozieren. Als man ihn bat, auf der Wache zu warten, verwies er höflich auf seine Gesprächspartnerin, die längst das Café verlassen hatte – eine fiktive Kollegin, die ihm Vorwand zum Entwischen war.

Er verließ das Café, während draußen die Mittagssonne schon heiß auf das Pflaster brannte. Sein Puls war ruhig, seine Schritte gleichmäßig. Aber innerlich wusste er: Er war jetzt ein Teil dieses Spiels geworden. Und irgendjemand hatte sehr deutlich gemacht, dass er darin nicht willkommen war.

Später – viel später – saß Emanuel in seinem Apartment und starrte auf den Bildschirm. Er hatte die Daten entschlüsselt. Und was er fand, ließ ihn stocken: Diagramme über soziale Netzwerke, Aufstellungen über politische Einflussnahme, Listen mit Namen – viele davon rot markiert, mit Kürzeln dahinter. „Aktiv", „lat." für latent, „empf." für empfänglich.

Ganz unten: ein Deckblatt. Phönixring. Zugriffskatalog Ostasien. Verschlüsselte Metadaten. Und ein Name, mehrfach verlinkt mit roten Knotenpunkten:

> *de Lorient, Estella. Kateg. C. –*
> *Medienfähig, potenzielle Katalysatorfigur.*
> *Beobachtung und Angriff.*

Emanuel lehnte sich zurück. Die Luft im Raum war still. Zu still. Etwas war in Bewegung geraten – größer als eine Intrige. Und Estella stand bereits mittendrin.

Er griff zum Telefon.

„Lucien. Ich schicke Dir gleich Daten. Bereite alles vor. Wir haben ein großes Problem."

KAPITEL 3: DER PHÖNIX ERHEBT SICH

Die Tür zu Luciens Arbeitsraum glitt lautlos auf, als Estella eintrat. Der Raum lag im Nebentrakt des Anwesens, abgeschottet durch ein eigenes Sicherheitssystem, das Lucien selbst entwickelt hatte. Er mochte es nicht, wenn man ihn störte. Doch heute hatte er sie ausdrücklich gebeten, zu kommen.

Dunkle Stoffe hingen über den Fenstern, das Licht war gedämpft. Zwischen Sicherheitskoffern, Monitoren, Kartenmaterial und einer unscheinbaren Espresso-Maschine saß Lucien – ihr Sicherheitschef. Mit seiner disziplinierten Körperhaltung, dem akkurat gebügelten Hemd und dem neutralen Tonfall erinnerte er mehr an einen diskreten Diplomaten als an einen Mann, der für die Abschirmung ihres gesamten Lebens zuständig war. Seine Haltung war reserviert, doch nie unterkühlt. Er war loyal – aber nicht unterwürfig.

Er tippte eine letzte Sequenz in seine Konsole, als Estella eintrat. Dann drehte er sich zu ihr und stand auf.

„Gnädige Frau", sagte er ruhig. „Sie sind pünktlich."

„Wie gewünscht", entgegnete sie mit einem angedeuteten Lächeln.

Lucien trat zur Seite und deutete auf den Bildschirm. „Ich habe etwas gefunden. Eine digitale Signatur. Sie wiederholt sich. Strategisch. Adaptiv. Kein Zufall. Keine Einzelperson."

„Sie meinen: organisiert?"

„Sehr. Ich lasse derzeit eine semantische KI laufen, um die wiederkehrenden Muster und Koordinationspunkte zu isolieren. Sie lernen. Und sie kommunizieren verschlüsselt. Aber nicht lückenlos."

Estella trat näher, betrachtete die verschachtelten Datenvisualisierungen. Rote Linien zogen sich über einen simulierten Globus.

„Wie weit sind sie vorgedrungen?"

„Bis in unsere internen Kalender. Wahrscheinlich über Brüssel. Die gute Nachricht: Wir können sie aufspüren. Die schlechte: Wir sind längst Teil ihres Spiels."

Währenddessen saß Marguerite im Hinterraum eines Herrenhauses am Stadtrand. Sie trug einen unauffälligen Kaschmirpullover, die Haare locker zum Knoten gesteckt. Eine alte Freundin – einst ebenfalls in Diensten eines bedeutenden Haushalts – hatte sie zum Tee eingeladen. Zufällig fiel dieser Besuch mit einem Empfang zusammen, der im Erdgeschoss stattfand.

Während die Gäste bei Champagner und flüchtigem Smalltalk verweilten, saßen in der Teeküche Chauffeure, Hausmädchen und Assistenten – wartend, rauchend, redend. Marguerite hörte zu. Unsichtbar. Beiläufig. Wachsam.

Zwischen den Stimmen sammelten sich Bruchstücke: Ein gewisser Herr L. habe über „die Sicherung in Singapur" gesprochen. Eine junge Zofe aus Genf erwähnte, ihre Herrin habe Angst vor „dem Ring" – und dass sie anonym gewarnt worden sei. Ein Chauffeur lachte über eine Mailadresse, die sein Arbeitgeber auswendig kannte, aber nirgends notiert hatte. Marguerite notierte nichts – sie speicherte es.

* * *

Am Abend saßen Estella, Lucien und Marguerite in Estellas privatem Besprechungszimmer beisammen. Es war später Abend in Frankreich, der Himmel bereits tiefblau, während in Singapur der neue Tag dämmerte. Die Zeitverschiebung bedeutete, dass Emanuel sich mitten in einen ohnehin schon fordernden Morgen wählte, um zugeschaltet zu sein – und dennoch klang seine Stimme ruhig und fokussiert. Eine Videokonferenz war vorbereitet, Luciens Systeme gesichert, Marguerite hatte Tee gereicht, der unberührt blieb. Jeder im Raum spürte: Dies war mehr als ein Briefing. Es war ein Moment der Entscheidung. Marguerite hatte auf dem Rückweg Notizen in ihr Gedächtnis gerufen und berichtete nun mit sachlicher Präzision:

„Einige der Chauffeure diskutierten über einen Herrn L., der auf ‚die Sicherung in Singapur' verwies – es klang, als sei das eine Art strategischer Rückzugsort oder Datenknotenpunkt. Eine der Zofen, eine junge Frau aus Genf, sagte, ihre Herrin habe eine Warnung erhalten, anonym, keine Absenderkennung. Und dann war da noch die Mailadresse. Ein Fahrer sagte, sein

Arbeitgeber könne sie auswendig, aber habe sie nie aufgeschrieben – er nannte das 'typisch Ring'."

Lucien runzelte die Stirn. „Eine auswendig gelernte Adresse, die nie dokumentiert wird, spricht für konspirative Kommunikation. Möglicherweise eine Art Zugangspunkt zu einem geschlossenen Netzwerk, das nur über exakte Formulierungen erreichbar ist. Ich werde prüfen lassen, ob wir Muster solcher Adressen über unsere semantische Analyse abgleichen können."

„Das alles ist mehr als bloß Gerücht, MyLady", sagte Lucien. „Ich denke, wir haben es mit einer strukturierten, nahezu zellbasierten Organisation zu tun. Und sie ist uns bereits mehrere Schritte voraus."

Emanuel, zugeschaltet aus Singapur, meldete sich zu Wort. Die Verbindung war schlecht, doch seine Stimme war klar: „Ich bin nicht sicher, wie sie es machen, aber sie wissen, wer sie aufspüren könnte. Das war keine Einschüchterung heute. Das war ein offenes Signal."

Estella antwortete nicht sofort. Sie betrachtete das Glas in ihrer Hand, drehte es langsam zwischen den Fingern.

„Und haben Sie herausgefunden, von wem?" fragte Lucien.

Emanuel zögerte. „Ein Name taucht immer wieder auf. In Verbindung mit Kunststiftungen, geopolitischen Diskursrunden, alten Offshore-Archiven. Isabella Cortez."

Ein leises Knacken ging durch den Raum, als Estella das Glas auf den Tisch stellte. Ihre Haltung blieb ruhig, doch Lucien sah das Flackern in ihrem Blick.

„Sagt Ihnen das etwas, MyLady?"

Estella blickte aus dem Fenster. Die Dämmerung hatte eingesetzt. Ihr Atem war ruhig, aber etwas in ihrer Stimme war plötzlich belegt.

„Früher nicht. Jetzt – vielleicht. Ich glaube, ich habe als Kind einmal ein Foto gesehen. Mehr nicht."

Lucien nickte knapp. „Ich werde die Spur weiterverfolgen."

Estella sagte nichts mehr. Aber in ihr war etwas aufgebrochen, das sie längst begraben geglaubt hatte.

Estellas Büro im Westflügel des Anwesens war ein Raum wie aus einer anderen Zeit: hohe Fenster mit geschliffenem Glas warfen Lichtmuster auf das Parkett und den Steinboden vor den Fenstern, an den Wänden Bücher in Ledereinbänden, zwischen Kristall und Bronze ein subtiler Duft von Lavendel und Papier. In der Mitte stand ein Schreibtisch aus dunklem Nussbaumholz – schlicht, aber dominant –, flankiert von zwei geschwungenen Sesseln aus hellem Leder. Auf einem Beistelltisch dampfte still eine Kanne Darjeeling, daneben lag ein poliertes Tablett mit Birnenspalten und ein silberner Füllfederhalter.

An diesem Morgen war Estella ungewöhnlich gelöst. Nach Wochen der Anspannung hatte sich eine zarte

Zuversicht eingestellt. Die Stiftung stand vor einer vielversprechenden Partnerschaft, Marguerite hatte sie beim Frühstück zum Lächeln gebracht, und selbst Lucien hatte am Vorabend eine Nachricht hinterlassen, die in seinem Ton beinahe als Optimismus durchgehen konnte. Estella trug ein smaragdgrünes Seidenkleid, schlicht, aber mit klarer Haltung. Sie hatte sich bewusst für diesen Raum entschieden, um den Tag zu beginnen. Hier, wo sie Kontrolle spürte.

Dann vibrierte das Tablet.

Eine Nachricht. Dann noch eine. Und eine dritte, die eine alarmierende Betreffzeile trug: *„Wer ist Estella de Lorient wirklich?"*

Estella öffnete den ersten Artikel. Ein Foto: Sie selbst, kaum sechzehn, an einem Internatstor. Daneben eine Abbildung eines vermeintlich vertraulichen Schreibens – angeblich ein Brief ihres Vaters, der in kryptischen

Formulierungen die Existenz einer verschwundenen Halbschwester andeutete. Die Unterstellung: Estella habe diese Information jahrzehntelang vertuscht, um ihre Position in der Stiftung zu sichern – eine Stiftung, die, so hieß es weiter, mit ihrer Person als moralischem Aushängeschild finanziert und gesteuert werde.

Ein zweiter Artikel war noch schärfer formuliert:

„Verdeckte Machtzirkel um die Lorient-Stiftung – politische Ambitionen einer Wohltäterin?"

Das Begleitmaterial zeigte Estella mit Politikerinnen und Wissenschaftlern aus früheren Jahren – aus dem Zusammenhang gerissen, neu montiert, versehen mit Unterstellungen.

In den Kommentarspalten der digitalen Medien folgten Hohn, Spott und erste Forderungen nach Transparenz. Erste Nachfragen von Journalist*innen trafen bereits per Mail ein, ein Anruf der Tagespresse, eine Mail vom Stiftungsrat. Von jetzt auf gleich hatte sich Estellas Stimmung gedreht: Innerhalb von zwanzig Minuten hatte sich eine Welle aus Empörung und Zweifel formiert – orchestriert, zielgerichtet, fugenlos.

Marguerite trat ein. Ihre Bewegungen waren langsamer als sonst, wie wenn jemand ahnt, dass eine Zerbrechlichkeit im Raum liegt, die man nicht berühren darf. „Sie haben es veröffentlicht."

Estella sagte nichts. Ihr Blick war fest auf den Bildschirm gerichtet.

„Lucien vermutet eine mehrstufige Desinformationsstrategie", fuhr Marguerite fort: „Die Metadaten der Fotos wurden verändert, die Quellen verschleiert. Die Artikel stammen angeblich von drei unterschiedlichen Autorinnen – aber der Sprachrhythmus ist fast identisch."

Estella erhob sich, ging zum Fenster. Der Blick in den Garten war derselbe wie immer. Und doch schien die Ordnung der Dinge zerbrochen.

„Sie greifen meine Geschichte an, Marguerite. Nicht meine Argumente."

„Weil sie wissen, dass Ihre Geschichte Ihre Stärke ist."

Am Nachmittag saßen sie mit Lucien zusammen. Auf den Monitoren tanzten Algorithmen. Ein Netzwerkdiagramm pulsierte in rotem Licht.

„MyLady", sagte Lucien, „das ist kein Leak. Es ist ein orchestrierter Angriff. Die Inhalte wurden simultan auf Plattformen mit hohem Vertrauen und hoher Reichweite gespielt. Das ist nicht amateurhaft – das ist ein Einsatzmodell. Wahrscheinlich KI-unterstützt."

„Was ist das Ziel?"

Lucien zögerte. Dann: „Sie sollen nicht widerlegt, sondern entkernt werden. Es geht nicht darum, Ihnen eine Lüge nachzuweisen – sondern Ihre Wahrheit unmöglich zu machen."

Estella schwieg lange. Dann: „Sie wollen mich nicht diskreditieren. Sie wollen mich auslöschen – aus der Geschichte."

Marguerite sagte ruhig: „Dann schreiben Sie zurück."

Estella wandte sich um. In ihren Augen lag etwas Neues. Kein Zorn. Kein Schmerz. Nur absolute Klarheit.

„Rufen Sie Emanuel an. Und Lucien: Ich brauche einen Fahrplan. Ab heute schreiben wir mein Kapitel selbst."

Das Anwesen war eine Villa im Stil der französischen Belle Époque, gelegen in einem noblen Viertel am Stadtrand von Genf. Marmorierte Säulen, goldene Kandelaber, Kristalllüster in den hohen Decken. Auf den ersten Blick eine Szene aus einem Märchen – auf den zweiten eine Bühne für Politik, Macht und Einfluss. Der Empfang galt offiziell dem 30-jährigen Jubiläum einer Kulturstiftung, doch die Gästeliste war handverlesen: Diplomaten und ihre Gattinnen, Bankiers, Kuratorinnen, Lobbyisten. Und mittendrin: Estella.

Sie trug ein Kleid aus dunkelblauer Seide mit schimmernden Akzenten, das wie flüssiges Licht an ihrem Körper herunterfiel. Der rückenfreie Schnitt ließ ihre Haltung noch aufrechter erscheinen, und das samtige Material unterstrich die Eleganz ihrer Bewegungen wie ein geheimer Takt. Die zarten Spitzen der langen Handschuhe, die sie trug, wirkten wie eine Hommage an eine aristokratische Vergangenheit. Ihr Haar war zu einem schlichten, aber präzise geformten Wirbel aus Anmut frisiert, zwei lose Strähnen rahmten ihr Gesicht – ein Gesicht, das Zartheit mit kühler Distanz und Noblesse verband. In ihrer Erscheinung lag einmal mehr ihre so typische, stille Erotik – nicht aufgesetzt, sondern tief in ihr verankert. Es war die Art von Schönheit, die niemand anzweifelte – man betrachtete sie nicht, man spürte sie.

All das sorgte für wohlwollende Aufmerksamkeit, während sie die Räume durchschritt. Estella bewegte sich durch die Menge mit jener ruhigen Eleganz, die mehr Aufsehen erzeugt als jede Provokation. Hinter ihrer Stirn jedoch arbeiteten Gedanken wie ein Uhrwerk.

Während oben Gläser klirrten und ein erstklassiges Orchester spielte, saß Marguerite zwei Etagen tiefer, in einem schmalen Raum mit Linoleum-bedecktem Boden und Teeküche. Dort, wo Chauffeure, Hausmädchen und Assistenten warteten, bis ihre Herrschaften mit dem Plaudern fertig waren. Sie war nicht angekündigt, aber auch nicht verdächtig – niemand wunderte sich über eine Freundin der Oberköchin, die auf einen Tee vorbeischaute. Marguerite hörte zu. Beobachtete. Sortierte.

Ein Fahrer berichtete leise, sein Arbeitgeber sei ungewöhnlich nervös gewesen – angeblich wegen eines anonymen Dokuments, das kurz zuvor in dessen Privatsafe aufgetaucht war. Eine ältere Hausdame erwähnte beiläufig, ihre Herrin habe etwas über eine "digitale Enthüllung" gesagt, die "vor dem Dessert" erfolgen sollte. Und ein junger Valet erzählte kichernd von einer Mailadresse, die ein Gast im Flüsterton diktiert habe – als wäre sie ein Codewort. Marguerite

spürte, dass sich etwas zusammenbraute.

Oben im Saal stand Estella gerade mit einem Glas

Champagner am Rande einer kleinen Gesprächsgruppe,

als ein leises Raunen durch den Raum ging. Es war kein

lautes Ereignis – eher ein kollektives Innehalten. Einige

wandten sich ab, andere starrten auf ihre Telefone. Auf

einem der Stehtische lag plötzlich ein Ausdruck. Ein

Screenshot.

Der Name eines prominenten Botschafters tauchte darin

auf – verknüpft mit mutmaßlichen

Bestechungszahlungen, Datenlecks, und einem

pseudonymisierten Hinweis auf ein illegales Netzwerk.

 Die Gäste starrten auf die Screenshots, die inzwischen

von Hand zu Hand gingen, weitergeleitet per Nachricht

und als Fotos in sozialen Gruppen verbreitet. Der

Botschafter war kein Unbekannter – ein erfahrener

Diplomat, der in mehreren Friedensverhandlungen vermittelt hatte und als unbestechlich galt.

Das Material jedoch zeigte ganz andere Details: Offshore-Konten, verschlüsselte Zahlungsflüsse über Briefkastenfirmen, und interne E-Mails, die ihn als williges Rad in einem viel größeren Netzwerk erscheinen ließen.

Er stand nur wenige Meter von Estella entfernt, als er die ersten Blicke spürte. Ein junger Mann reichte ihm wortlos einen Ausdruck. Der Botschafter las, blinzelte, erstarrte. Dann trat einer seiner Begleiter heran, flüsterte ihm etwas ins Ohr. Ohne ein weiteres Wort wandte sich der Diplomat um – nun kreidebleich, mit versteinerter Miene – und verließ den Raum, gefolgt von seinen engsten Vertrauten.

Es dauerte keine fünf Minuten, bis sich eine Unruhe im Saal ausbreitete. Gespräche wurden flacher, Lächeln gefroren. Einige Gäste zogen sich diskret zurück, andere taten demonstrativ so, als hätten sie nichts bemerkt. Man hörte das Rascheln von Seide, das

Klicken von Absätzen, das metallene Klirren zurückgestellter Gläser.

Ein älterer Bankier flüsterte seiner Begleitung mit unverhohlenem Entsetzen zu: „Wenn sie ihn treffen können … sind wir alle verwundbar." Eine Kuratorin stand wie erstarrt vor einem Gemälde, das sie eben noch mit einem amerikanischen Mäzen diskutiert hatte. Und der Direktor einer internationalen Organisation, der dem Botschafter eben noch die Hand geschüttelt hatte, nestelte fahrig an seiner Manschette, als müsse er überprüfen, ob sie noch da war.

Die Botschaft war angekommen: Niemand war sicher. Estella beobachtete die Szene. Nicht, weil sie überrascht war – sondern weil sie nun verstand: Der Phönixring zeigte live seine Macht. Öffentlich. Und präzise.

Noch während sich die Stimmung der Gäste weiter in Besorgnis wandelte, vibrierte ihr Telefon. Eine

Nachricht von Emanuel, knapp, sachlich, mit
Koordinaten. Ein Ort. Ein Name. Und ein Satz:

> *„Sie haben ein unterirdisches Rechenzentrum.*
> *Hier in Singapur. Und sie nennen es das*
> *Herz."*

Estella hob das Kinn. Die Musik setzte wieder ein, ein
gedämpfter Walzer. Doch in ihr hatte längst ein anderer
Rhythmus übernommen. Einer, der kein Taktgefühl
kannte, sondern nur Konsequenz.

KAPITEL 6: DIE ARCHITEKTIN DES RINGS

Das Treffen war von Estella selbst initiiert worden –
offiziell im Rahmen eines hochdotierten Kunstprojekts,
das durch eine der Nebenstiftungen der Lorient-Gruppe
gefördert werden sollte. Ein Vorwand, zweckmäßig und
glaubwürdig.

Doch das wahre Ziel lag tiefer: Sie wollte Isabella Cortez
sehen. Persönlich. Um herauszufinden, welche Rolle
diese Frau im Netzwerk des Phönixrings spielte – und
warum ihr Name immer wieder in Verbindung mit

jenen Akten auftauchte, die ihr eigenes Leben erschütterten.

Der Ort: ein Anwesen in der Nähe von Lausanne, modern, kubisch, mit Blick auf den See. Die Innenräume: klare Linien, matte Oberflächen, Kunstwerke in Schwarz und Violett. Nichts hier wirkte zufällig.

Isabella Cortez empfing Estella allein. Sie war eine attraktive Frau mit rabenschwarzem, glänzendem Haar und einer unbestreitbaren Präsenz, elegant wie eine Operndiva, kühl wie eine Strategin. Ihr Kleid war aus rauchgrauem Samt, hochgeschlossen, mit einem filigranen Smaragd an der Kehle. Ihr Blick: direkt, neugierig – und von einer leisen Provokation durchzogen.

„Estella de Lorient", sagte sie, als begrüße sie eine alte Bekannte. „Es ist mir eine Freude. Ich habe viel über Sie gelesen. Und noch mehr nicht."

Das Gespräch begann höflich. Politisches Terrain. Kulturelle Fördermodelle. Die Lage internationaler Organisationen in Genf. Estella stellte gezielte Fragen – unaufdringlich, aber bestimmt. Isabella antwortete charmant, souverän, nie eindeutig. Dann, während sie zwei Gläser Wasser reichte, sagte sie beiläufig:

„Wussten Sie, dass ich einmal eine Schwester hatte? Eine Halbschwester. Sie wurde mir entzogen, bevor ich ihren Namen aussprechen konnte."

Estella hielt das Glas an den Lippen, doch sie trank nicht. Ein Zittern – kaum sichtbar – lief durch ihre Finger. Sie sagte nichts. Isabella lächelte: „Aber ich schweife ab. Vergangenes macht sentimental."

Das Gespräch endete wie es begonnen hatte – höflich, elegant, mit einer Note ironischer Distanz. Isabella begleitete Estella zur Tür. Kein Handschlag – nur ein beiläufiges Nicken und der letzte Satz, mit dem Isabella sich verabschiedete: „Manchmal muss man die Vergangenheit einladen, um sie neu zu erzählen."

Estella erwiderte den Blick – unbewegt, aber wachsam. Sie wusste, dass dieses Spiel nicht vorbei war. Im Gegenteil: Es hatte gerade erst begonnen. Als sie den langen Weg durch den gläsernen Korridor verließ und in den wartenden Wagen stieg, wusste sie zweierlei: Isabella hatte ihr in nichts die Wahrheit gesagt – aber auch nicht gelogen. Und zweitens: Sie würde zurückkehren. Nicht als Besucherin. Sondern als Gegnerin.

Später, zurück in ihrem Arbeitszimmer, suchte Estella in einer alten Kassette. Unter Briefen, Fotografien, einer Haarspange, fand sie ein Bild. Drei Kinder auf einer Wiese. Zwei Mädchen, ein Junge. Eines der Mädchen hatte dunkles, glattes Haar und einen schrägen Blick in die Kamera – ein Blick, den Estella heute erkannte.

Sie rief Emanuel an – Estella hatte Sehnsucht nach seiner Stimme, und sie brauchte jetzt seine Meinung.

„Du hattest recht. Es gibt eine Verbindung. Und ich glaube, ich habe sie unterschätzt."

Emanuel antwortete nicht sofort. Dann sagte er leise: „Du meinst, sie ist ...?"

„Ich weiß es noch nicht. Aber ich glaube, ich war ihr näher, als ich wusste."

KAPITEL 7: DER STILLE BRUCH

Es gab Dinge, über die Estella nie sprach. Nicht, weil sie unwichtig gewesen wären – sondern weil sie zu tief in ihr lagen, um sie leicht auszusprechen. Ihr Vater gehörte dazu. Und mit ihm ein Teil der Geschichte, den selbst Lucien und Marguerite nur in Bruchstücken kannten.

Estellas Mutter starb bei ihrer Geburt. Ein plötzlicher Blutverlust, ein Schock – ein Moment, der zwei Leben veränderte: endete, bevor es begann, und begann, bevor es heilen konnte.

Der Vater blieb zurück – wohlhabend, aber mit einem verwundeten Herzen. Es gelang ihm nie, über die Ereignisse jener Nacht zu sprechen. Er gab Estella nach

Kräften seine Liebe, schenkte ihr Bildung, Schutz, Musik, Lachen. Aber etwas in seinem Blick blieb immer auf Abstand. Als könne er nicht vergessen, dass Estella der Name war, der mit dem Verlust seiner großen Liebe verbunden war.

Als Estella zehn war, heiratete er erneut. Die neue Frau war zurückhaltend, streng, von kühler Eleganz. Sie wurde bald schwanger – und seltsam. Ihre Stimmung schwankte, sie sprach manchmal mit sich selbst, wirkte abwesend, dann wieder kontrollierend, unberechenbarer von Tag zu Tag. Als das Baby geboren wurde – ein Mädchen, gesund, schwarzhaarig, munter –, zerbrach etwas in der Familie. Die Ehe scheiterte mit einem Knall, die Frau verschwand mit dem Neugeborenen aus dem Haus und aus dem Leben. Und mit dieser Ehe zerbrach auch Estellas Vater.

Er zog sich zurück, erst innerlich, dann ganz. Estella wurde einer Gouvernante übergeben – eine kluge, diskrete Frau, die ihr das Beste mitgab, was man Kindern geben kann: Verlässlichkeit. Das Anwesen blieb prachtvoll, das Personal aufmerksam. Und doch wurde es still in den Fluren, die Estella nur zu oft alleine für sich hatte.

Der Vater zog nach Paris, in eine kleine Wohnung, ohne Ankündigung, ohne Erklärung. Kurz nach Estellas dreizehntem Geburtstag starb er – unter unklaren Umständen. Herzversagen, hieß es. Keine Abschiedsworte, die erklären könnten, was die Welt so hatte einstürzen lassen und wie er zu seiner einsamen Tochter stand.

Estella fühlte sich nicht nur allein gelassen. Sie war es. Und sie begriff früh, dass sie ihr Leben selbst in die Hand nehmen musste. Später sagte sie zu Marguerite: „Ich habe mich nicht losgerissen. Ich wurde von allen losgelassen."

KAPITEL 8: ZERSETZENDE LOYALITÄT

Die Tage nach dem Treffen mit Isabella waren von einer eigentümlichen Unruhe durchzogen. Kein Sturm, kein direkter Angriff – nur ein stilles, kriechendes Misstrauen, das durch die Flure des Anwesens glitt wie Nebel. Estella hatte sich zurückgezogen. Nicht aus Schwäche, sondern um die Linien neu zu ordnen. Doch Lucien merkte es zuerst: Ihre Schritte waren langsamer, ihre Worte bedachter, ihre Blicke kürzer.

Emanuel war seit Tagen nur noch über gesicherte Kanäle zu erreichen. Seine Antworten waren knapp, professionell – und bar jeder Wärme. Zwischen ihm und Estella lag etwas Unausgesprochenes, das ihre Gespräche mit einem Hauch von Fremdheit füllte. Es war nicht nur die räumliche Distanz, es war auch das Misstrauen, das sich zwischen zwei Menschen schob, die sich einmal blind verstanden hatten.

Estella fragte sich, ob Emanuel an ihrer Integrität zweifelte – oder ob er schlicht nicht ertragen konnte, was mit ihr geschah. Und Emanuel, dessen Blick durch die Linse einer kalten Ermittlung geschärft war, wusste nicht mehr, ob Estellas Schweigen Selbstschutz war – oder Verbergen. War sie noch dieselbe Frau, die er erst in einer lustvollen Nacht, dann im Dschungel auf ganz andere Weise kennengelernt hatte? Oder war sie längst Teil eines Spiels geworden, das er nicht mehr durchschaute?

Marguerite, deren Loyalität nie hinterfragt wurde, handelte indes. Sie hatte einen Verdacht, der sie nicht losließ: ein Mann mittleren Alters, der sich stets in der Nähe der technischen Infrastruktur aufhielt – bei

Bühnenzugängen, bei Empfangsterminals, an Lieferanteneingängen. Er trug die Kleidung des hauseigenen Sicherheitspersonals, doch Marguerite war sich sicher, ihn nie bei den internen Briefings gesehen zu haben. Seine Dienstmarke wirkte korrekt, aber ihr Bauchgefühl sagte etwas anderes.

Und als sie auf Fotos von verschiedenen Veranstaltungen der letzten Wochen zurückblickte, erkannte sie: er war immer da gewesen. Immer in der Nähe. Immer anonym. – ein unscheinbares Bewegungsprotokoll, das Fragen aufwarf. Lucien nickte nur. „Ich kümmere mich."

Noch am selben Abend rief Estella Lucien zu sich. Die Erkenntnisse waren zu zahlreich, um sie weiter zu ignorieren. „MyLady", begann Lucien, „wir werden beobachtet. Von innen. Wahrscheinlich über Geräte, die nie für Überwachung gedacht waren – Projektoren, intelligente Lautsprecher, automatische Türsensoren.

Allesamt verbunden mit der Gebäudeverwaltung, ursprünglich gedacht für Komfort und Effizienz."

Er klickte auf eine schematische Darstellung des Westflügels.

„Über die zentralen Steuerungsprozesse laufen Hintergrunddienste, die Datenpakete versenden – klein, fragmentiert, aber hochfrequent. Die Übertragung erfolgt über Protokolle, die auf Energieverbrauch oder Systemdiagnostik getarnt sind. Niemand würde in einem Temperaturabgleich nach Metadaten von Gesprächsverläufen suchen. Jemand hat unsere Systeme nicht gehackt – er hat sie umgelernt."

Estella starrte auf den Bildschirm. „Und jemand liefert Kontext."

Estella schwieg. Dann: „Wie viele wissen davon?"

„Drei. Noch."

Wenig später wurde sie gewarnt: Eine chiffrierte Nachricht, übermittelt über einen alten Kontakt aus ihrer Zeit in Brasilien – ein ehemaliger Medienaktivist, der einst mit Estella an einem entwicklungspolitischen Bildungsprojekt gearbeitet hatte und heute in der digitalen Opposition gegen autoritäre Strukturen agierte. Die Botschaft bestand aus einem kurzen Satz:

Wenn du nicht gehst, wird das System sich für dich entscheiden.

Lucien deutete es nüchtern: „Das ist keine Drohung. Das ist eine Programmierung. Es bedeutet: Man hat bereits begonnen, deine Entscheidungen zu simulieren. Deine Stimme. Deine Haltung. Deine digitale Identität. Wenn du bleibst, wird man dich durch ein künstlich erzeugtes Profil ersetzen – zuerst in den Netzwerken, dann in den Archiven."

Estella war damit vorgewarnt, als sie das zweite Dossier öffnete. Es stammte ebenfalls von dem Kontakt aus Brasilien, übermittelt über ein analoges Zwischenlager in Zürich und offenbar abgegriffen vom Phönixring-Netzwerk. Darin: Screenshots, verkürzte Chatverläufe, vermeintliche Gesprächsnotizen – alles darauf ausgerichtet, ihre Kooperationspartner als käuflich, sie selbst als lenkbare Marionette erscheinen zu lassen. Und darunter: eine Auswahl an Empfängeradressen internationaler Medien. „Sie geben mir eine Wahl", sagte Estella in die Stille. „Rückzug oder Entlarvung."

Marguerite trat ein, ohne dass sie gerufen worden war. Sie stellte das Tablett ab. Auf dem Rand lag ein unscheinbarer USB-Stick.

„Der Mann war tatsächlich ein legitimer Angestellter – sein Ausweis war korrekt, die Biografie plausibel. Aber er agiert nicht allein. Seine Anwesenheit war Tarnung, nicht Zugehörigkeit. Ich habe entdeckt, dass er auf verschlüsselten internen Kanälen mit einer nicht verifizierten Adresse kommuniziert hat – und in einer seiner Nachrichten war eine IP-Adresse hinterlegt, die auf ein gesichertes Backbone in Singapur verweist." Es gibt noch eine zweite Spur. Und sie führt nach

Singapur."

Estella blickte erschrocken auf: Interne Kanäle? Kann es

wirklich sein, dass ihr engster Vertrauter zu ihrem

ärgsten Feind geworden war? Ihre Stimme war ruhig.

„Dann fliegen wir."

KAPITEL 9: OPERATION MORGENROT

Das Apartment lag verborgen in einem unauffälligen Gebäude in Singapurs Chinatown – nur über eine unscheinbare Hintertür zugänglich, keine Klingel, kein Name. Es war das Hauptquartier eines Vertrauten von Marguerite, der unter wechselnden Identitäten seit Jahren für Stiftungen, Diplomaten und Journalisten logistische Schattenarbeit leistete. Estella, Lucien und Marguerite trafen am späten Nachmittag ein.

Emanuel wartete bereits. Als Estella ihn sah, blieb sie kurz stehen. Er trug ein schlichtes Hemd, das Gesicht angespannt, aber offen. Die Stille zwischen ihnen war dichter als der Abend. Sie hatten sich seit Wochen nicht mehr wirklich gesehen – und das letzte, was zwischen ihnen stand, war ein unausgesprochenes Misstrauen. Etwas, das Estella offensiv ansprach, als sie allein im Schlafzimmer der Wohnung waren: „Was stimmt nicht zwischen uns? Wieso vertrauen wir uns nicht mehr?"

„Ich habe dir nie misstraut, Estella", sagte er leise.

„Aber ich dir", erwiderte sie. Ihre Stimme war weich, aber ohne Ausflucht.

„Du dachtest wirklich, ich hätte dich verraten?"

Sie senkte kurz ihren Blick. „Ich dachte, du wärst Teil des Spiels geworden. Oder zu weit gegangen, um noch auf meiner Seite zu stehen."

Er trat näher. „Und du? Ich wusste nicht mehr, ob du mich brauchst – oder einfach jemanden, der dich in Ruhe lässt."

Estella schloss die Augen und seufzte. „Ich wusste nicht mehr, wem ich trauen darf. Nicht einmal mir selbst."

Sie standen sich gegenüber, wie zwei Linien, die sich nie hätten kreuzen dürfen – und es doch immer wieder taten. Dann brach etwas auf. Keine Tränen, kein dramatischer Ausbruch – nur zwei Menschen, die sich endlich wieder wahrnahmen, wie sie in der Tiefe ihrer Herzen sind.

Sie sprachen miteinander – lange, leise, wütend, zärtlich. Über Zweifel, über das, was zwischen ihnen stand. Über das, was sie vermissten.

Als Emanuel schließlich die Hand hob, um ihr eine Haarsträhne aus dem Gesicht zu streichen, blieb sie still. Ihre Haut prickelte unter der Berührung – nicht vor Nervosität, sondern weil etwas in ihr zur Ruhe kam.

Als sie ihn küsste, war es ein Loslassen. Von Wut, von Distanz, von Angst. Es war kein vorsichtiger Kuss, sondern einer, der sich erinnerte – an alles, was sie geteilt hatten, alles, was er ihr bedeutet, und alles, was ihnen genommen worden war.

Sie liebten sich langsam zwischen den kühlen Laken, mit der Intensität von zwei Menschen, die nicht wussten, ob es vielleicht das letzte Mal sein würde. Ihre Körper fanden sich wie Spuren im Sand, vertraut und neu zugleich. Es war nicht Flucht, nicht Trost, sondern Vertrauen – tief, bedingungslos, wiedergewonnen.

Die Nacht gehörte ihnen. Nicht als Pause, sondern als Entscheidung füreinander.

Am nächsten Morgen, noch im frühen Licht des Apartments, trat Lucien in den Raum. Er sagte nichts, aber Estella sah an seinem Blick, dass nun die Zeit der Intimität vorbei war.

„Nox ist einsatzbereit", sagte er.

Estella und Emanuel erhoben sich. Die Entscheidung war gefallen. Um 02:14 Uhr begann Operation Morgenrot.

Sie waren als externe Techniker eines Subunternehmens akkreditiert – ihr Zugang legitimiert durch gefälschte Dienstprotokolle, die Lucien mithilfe von Nox präzise im System platziert hatte. Ihre Kleidung war neutral, ihre Ausweise echt – zumindest in den Augen der Sicherheitsscanner. Lucien, aus dem Apartment zugeschaltet, kontrollierte Nox über eine eigens entwickelte grafische Oberfläche, mit der er jederzeit Kamerawinkel neu berechnete und Signalwege umleitete.

Der Zugang zum Rechenzentrum erfolgte für Estella und Emanuel über den Personaltrakt – ein unscheinbarer Nebeneingang ohne Kameraüberwachung, aber mit Bewegungssensoren. Nox sendete eine Reihe manipulierter Diagnosereports an die interne Leitstelle: routinemäßige Wartung, verschobene Reinigungspläne, Fehlermeldungen an falschen Orten. Der Effekt: Der Fokus der Überwachung richtete sich auf einen anderen Flügel.

Estella trug eine Schutzbrille, ihr Haar war zu einem tiefen Knoten gebunden, unter dem ein Kommunikations-Headset fast unsichtbar verschwand. Der Overall aus graublauem Synthetikstoff war eigentlich funktional – und doch saß er wie maßgeschneidert.

Trotz der bewusst schlichten Kleidung und der Tarnung als Technikerin blieb etwas an ihrer Haltung unübersehbar: Anmut, Selbstsicherheit und eine beiläufige Sinnlichkeit, die auch unter dem fluoreszierenden Flurlicht nicht verblasste. Emanuel, in Arbeitsweste mit rückseitigem Barcode, musterte sie im Gehen einen Moment zu lang – er sagte nichts, doch die Erinnerung an die vergangene Nacht hallte in ihm nach. Doch die Zeit für zärtliche Worte war vorbei: Beide bewegten sich durch die metallenen Korridore mit der Selbstverständlichkeit von Menschen, die zum System gehörten. Lucien meldete in regelmäßigen Abständen, dass Nox seinen Job erledigte und den Weg für sie freimachte: „Sensor H3 auf Wartung. Bewegung freigegeben."

Der Weg zum Serverkern führte durch eine Schleuse, die auf biometrischen Identifikationsdaten basierte. Nox spielte eine Serie überlagerter Wärmebildsignaturen in das Sicherheitssystem – alte Aufzeichnungen, simulierte Atemmuster, fragmentierte Bewegungsprofile. Der Code akzeptierte diese Phantome als real.

Vor ihnen öffnete sich die letzte Tür – ein Druckluftmechanismus, der die stabile Metallplatte mit einem kaum hörbaren Zischen zurückgleiten ließ. Kaltes Licht flutete den vor ihnen liegenden Gang. Nur ein paar Schritte trennten sie noch vom Kern des Systems, mit dem der Phönixring gerade dabei war, die Welt unter seine Kontrolle zu bringen.

Estella drehte sich zu Emanuel. „Ab jetzt zählt jede Bewegung", sagte sie leise. Er nickte, seine Augen auf ihre gerichtet. „Wir müssen vorsichtig sein: Lucien sagt, das System schläft. Aber nur oberflächlich."

Sie warf einen letzten Blick über die Schulter, dorthin, wo sich die Tür langsam hinter ihnen schloss. Kein Geräusch, kein Alarm – nur das leise Surren des Systems war zu hören. „Dann hoffen wir, dass das System besser träumt, als sie denken", flüsterte sie.

Und dann gingen sie los – Schulter an Schulter, hinein in das Herz des Phönixrings.

Der Serverkern lag wie ein schlafendes Biest unter der Erde – schwer gesichert, klimatisiert, von redundanter Energiezufuhr gespeist. Estella und Emanuel standen in einer Art Glaskammer zwischen zwei Identitätsprüfungsphasen. Nox hatte sie bis hierher geführt, ohne dass ein Alarm ausgelöst wurde. Aber der Puls des Systems war spürbar: Temperatur, Licht, elektromagnetische Felder – alles war in Bewegung, als hätte das Netzwerk eine Vorahnung.

Luciens Stimme kam über den gesicherten Kanal. „Zugang noch 43 Sekunden. Danach beginnt die Sequenz sich selbst zu verifizieren."

Estella trat als Erste in den Serverraum. Der Boden vibrierte minimal, die Kühle roch nach Metall und Ozonschimmer. Die Maschinen waren in konzentrischen Kreisen angeordnet, das Herz in der Mitte pulsierte mit gedämpftem Licht. Sie kannte den Aufbau, hatte ihn in Simulationen durchlaufen – aber hier, in echt, wirkte alles größer. Lebendig.

Emanuel zog den Stick aus der Seitentasche seines Gürtels. „Bereit?"

„Bereit."

Sie synchronisierten ihre Bewegungen. Estella steuerte die Sicherheitsabfrage, während Emanuel über ein separates Terminal den Energiefluss drosselte. Nox überlagerte die Authentifizierungsprotokolle – alte Profile, konservierte Signaturen, sogar künstlich erzeugte Sprachnachweise.

Der Virus, von Lucien entwickelt, war kein Zerstörungswerkzeug im klassischen Sinn. Er war eine Auslöschung auf molekularer Codeebene – geschrieben, um sich selbst zu verflüchtigen, sobald er seine Arbeit getan hatte.

Als Estella den Stick kontaktlos in das Lesemodul schieben wollte, stoppte sie abrupt. Ein kaum sichtbarer roter Lichtstrahl kreuzte diagonal durch die obere Ecke des Terminals – ein Infrarotsensor, überlagert, nicht in Luciens Plänen verzeichnet. Ihr Atem stockte.

„Lucien?", flüsterte sie. „Wir haben ein Problem. Unerkannter Passivscanner. 80 Grad links über dem Eingabemodul."

„Warte", kam es zurück, hektisches Tippen im Hintergrund. „Ich sehe ihn nicht. Keine Freigabe. Der Sensor ist lokal verschaltet. Autonom."

„Kein Override?"

„Negativ."

Estella griff instinktiv an ihre Hüfte, wo ein kleiner silberner Zylinder befestigt war – ein Kältespray, eigentlich vorgesehen für thermosensitive Kabeltrennung. Sie zielte kurz, sprühte. Ein zischender Nebel legte sich über die Linse, ließ sie blind und stumm erstarren. Sekunden später knisterte es leise, der Lichtstrahl flackerte – und verlosch.

Emanuel hatte den Stick in der Zwischenzeit vorbereitet. „Jetzt oder nie", murmelte er.

Estella nickte. Dann schob sie den Stick in das Lesemodul. Das Licht begann zu flackern.

Nox sprang auf einen zweiten Kanal. Lucien atmete hörbar.

„Initialisierung läuft. 72 Sekunden bis vollständiger Systemverlust."

Estella und Emanuel wandten sich zum Gehen. Die Daten begannen zu sterben, still und endgültig. Das System wehrte sich nicht. Es verstand zu spät.

Sie verließen den Serverkern, durch die Schleusen, die ihnen bereits entgegenglitten – eine letzte Bewegung durch das Licht, das nun dunkler wurde.

Lucien meldete: „Signal tot. Alles weg. Auch wir."

Draußen, in der Nacht von Singapur, mischte sich das rhythmische Rauschen der Klimaanlagen mit dem ersten Regenschleier. Estella blickte in den Himmel. Sie war wieder draußen. Und das System – das große, mächtige, unantastbare – war gefallen.

KAPITEL 11: DIE VILLA DER WAHRHEIT

Der Phönixring war tot. Kein offizielles Statement hatte das bestätigt, aber es war spürbar – wie das Vakuum nach einer Implosion. Kommunikationskanäle verstummten. Server blieben still. Namen verschwanden von Türen, Fonds wurden eingefroren. Und die einstmals Erpressten atmeten auf. Doch niemand wusste genau, wer den Gegenschlag geführt hatte. Niemand – außer jenen, die es hatte treffen sollen.

Isabella Cortez wusste es. Und obwohl sie es nicht beweisen konnte, war sie sich sicher. Es war Estella. Die

Handschrift war zu präzise, das Ziel zu genau. Doch nun, ohne ihr Netzwerk, ohne ihre Datenströme, war sie machtlos. Kein Kanal führte mehr zu Estella. Keine Überwachung, keine Bewegung, kein Zugriff.

Drei Tage nach dem Zusammenbruch des Rings erhielt Estella einen verschlüsselten Anruf. Ein Mittelsmann aus Rom. Seine Stimme war neutral, aber der Inhalt um so aufregender: „Isabella Cortez möchte Sie sprechen. Sie bittet um ein Treffen. Sie sagt, Sie wissen warum." Estella ließ sich eine Nacht Zeit. Dann sagte sie zu.

* * *

Der Ort ihrer neuerlichen Begegnung war gut gewählt: eine abgelegene Villa in der Toskana, umgeben von Zypressen und endlosen Reihen alter Olivenbäume. Fern von allem und doch voller Geschichte. Der Weg dorthin war kurvenreich, gesäumt von Steinmauern und Weingärten. Estella reiste allein, obwohl Emanuel und Lucien ihr davon abgeraten hatten – nicht einmal Marguerite durfte sie begleiten.

Isabella erwartete sie auf der Terrasse, des Anwesens ein Glas Weißwein in der Hand. Ihre blendende Erscheinung hatte einen Schatten bekommen. Sie trug Schwarz. Nicht aus Trauer – sondern, wie Estella vermutete, als Uniform ihrer Niederlage. Die Miene war blass, aber gefasst.

„Du hast gewonnen", sagte sie bitter, noch bevor Estella sie erreichte. „Ich habe überlebt", antwortete Estella. „Das ist nicht dasselbe."

Sie setzten sich einander gegenüber. Die Sonne sank dem Horizont entgegen. Der Wind strich durch die Pinien. In der Ferne, irgendwo in den nahen Olivenhainen, zirpte eine Zikade ihr schrilles Lied.

Isabella begann zu sprechen. Nicht mit Vorwürfen, nicht mit Rechtfertigung – sondern mit einer

Geschichte. Ihrer eigenen. Von den ersten Jahren im Schatten einer Familie, die sie nicht offiziell kannte. Von dem langsam wachsenden Zorn. Von der Idee, Kontrolle zurückzugewinnen. Und vom Moment, in dem sie erkannte, dass die Kontrolle längst sie kontrollierte.

„Der Phönixring war nie einfach nur ein Machtinstrument. Er war mein Instrument. Alle anderen – die Minister, Banker, Lobbyisten – waren Fingerübungen. Du warst das Ziel, Estella. Immer. Weil ich wusste, dass es dich gibt. Und weil du der Beweis warst, dass ich ausradiert wurde. Wenn ich dich stürzen konnte, hätte ich mein eigenes Narrativ neu geschrieben."

Estella hörte schweigend zu. Dann zog sie aus ihrer Tasche einen großen Umschlag. Darin: Kopien von Briefen, Tagebuchauszüge und ein psychiatrisches Gutachten – das wichtigste Dokument. Es stammte aus jener Zeit, als Isabellas Mutter nach der Geburt zunehmend unter psychischen Belastungen litt. Die

Diagnose lautete auf eine Form von paranoider Depression, verbunden mit übersteigerter Verlustangst. Die behandelnde Ärztin hatte damals empfohlen, das Kind zeitweise aus dem familiären Umfeld herauszunehmen, um es vor den instabilen Impulsen der Mutter zu schützen.

Der Vater – Estellas Vater – hatte schweren Herzens zugestimmt. Nicht aus Ablehnung, sondern aus Schutzbedürfnis. Aus diesem Moment war das Schweigen gewachsen. Und das Schweigen hatte Isabella zu dem gemacht, was sie geworden war. Zeugnisse einer Wahrheit, die Isabella nie gekannt hatte.

„Du wurdest nicht aus Rache versteckt. Sondern aus Angst. Und aus Liebe. Aber beides war falsch kanalisiert."

Isabella las. Wortlos. Dann legte sie die Blätter zur Seite. Sie rang sichtbar um Fassung. „Also war mein ganzes Leben ein Irrtum?"

Estella schüttelte den Kopf. „Nein. Aber vielleicht der Grund, weshalb du begonnen hast zu kämpfen."

Sie erhob sich, sah Isabella ein letztes Mal in die Augen: „Was du mit dieser Wahrheit tust, ist deine Entscheidung."

Dann verließ sie die Villa. Der Abend senkte sich über die Hügel der Toskana. Und in Isabella keimte eine Erkenntnis, die kein Virus der Welt je würde töten können.

KAPITEL 12: DER PUNKT OHNE RÜCKKEHR

Isabella saß noch lange auf der Terrasse der Villa, nachdem Estella gegangen war. Die Unterlagen lagen ausgebreitet vor ihr. Ihre Hände ruhten reglos auf dem Tisch. Und doch bewegte sich etwas in ihr. Kein Umdenken – sondern eine Rückkehr. Zu einem Teil von ihr, den sie lange vergessen hatte: die Fähigkeit, Verantwortung zu übernehmen, nicht aus Kalkül, sondern aus Reue.

Am nächsten Tag schickte sie eine verschlüsselte Nachricht an Estella. Nicht über alte Netzwerke, sondern über eine neutrale Stelle in Genf. Die Botschaft war kurz:

> *Ich will helfen, das aufzuräumen, was ich*
> *geschaffen habe. Nicht nur gestehen.*
> *Zerschlagen.*

Estella zeigte die Nachricht zuerst Emanuel, dann Marguerite. Die Reaktion war jeweils ein kurzes Nicken. Lucien schloss sich per gesicherter Verbindung an – und stimmte der Kooperation zu, unter strengen Bedingungen.

In einem abgelegenen Haus bei Annecy trafen sich wenige Tage später alle Beteiligten. Isabella erschien mit einem Koffer. Kein Gepäck – nur Datenträger. Darauf: Backup-Routinen, interne Abläufe, verschlüsselte Zugangspunkte und Proxy-Knoten, die selbst Lucien bisher verborgen geblieben waren.

„Ich habe genug zurückbehalten, um mich abzusichern", sagte sie offen. „Aber jetzt gebe ich alles heraus. Es darf kein Rückzugsort bleiben – für niemanden."

Lucien prüfte die Dateien, und Marguerite brachte ergänzende Materialien ein, aus Altnetzwerken, die nie ganz gelöscht worden waren. Emanuel bereitete im Hintergrund die Logistik der Veröffentlichung vor – zusammen mit einem Team vertrauenswürdiger Menschenrechtsjuristen und IT-Forensiker. Sie wollten – wie Isabella - sicher sein, dass nichts von dem Schmutz übrig bleiben würde, der vom Phönixring in die Welt gesetzt worden war.

Isabella überließ nicht nur ihre Informationen – sie schrieb mit. Formulierte Namen, Mechanismen, Abläufe. Ihre Sprache war präzise, analytisch, ohne Ausflüchte. Sie wollte nicht mehr kontrollieren. Sondern konsequent bereinigen.

„Es geht nicht darum, mich zu entlasten", sagte sie. „Aber ich will nicht, dass andere meine Strukturen übernehmen. Der Phönixring darf nicht zurückkehren – nicht unter anderem Namen, nicht mit neuen Gesichtern."

* * *

An diesem Abend, als die Sonne sich über dem See senkte, saßen Estella und Isabella noch einmal allein auf der kleinen Holzveranda des Hauses. Zwischen ihnen stand eine Kanne Kräutertee, vor ihnen dampfende Becher, an dem sie erschöpft nippten: Die konzentrierte Arbeit an den bevorstehenden Enthüllungen war kräftezehrend gewesen.

„Du hättest in meiner Haut genauso gehandelt", sagte Isabella leise. Estella schüttelte den Kopf. „Nein. Aber ich verstehe jetzt, warum du es getan hast."

Isabella lächelte matt. „Wir sind uns ähnlicher, als ich es lange ertragen konnte."

Estella legte ihre Hand auf Isabellas. „Vielleicht ist es an der Zeit, das nicht länger zu fürchten, sondern es zu umarmen."

Isabella blickte in die Dämmerung. „Ich habe so viele Jahre damit verbracht, gegen etwas zu kämpfen, das ich nicht verstanden habe. Du warst nie mein Feind."

Estella schwieg einen Moment. Dann: „Ich war dein Spiegel. Und du meiner."

Später, als Isabella das fertiggestellte Protokoll unterzeichnete – handschriftlich, als juristisches und persönliches Dokument –, zitterte ihre Hand nicht. Ihr Name darunter war leserlich. Fest.

„Es gibt kein Zurück", sagte sie ruhig. Estella antwortete: „Nein. Aber vielleicht einen anderen Weg."

KAPITEL 13: DER NEUE WEG

Die Pressekonferenz fand nicht in einer Hauptstadt statt, sondern in einer kleinen Universität in Südfrankreich. Der Ort war gewählt worden, weil er symbolisch war: Bildung, Aufklärung, Unabhängigkeit. Und weil er keine Bühne war – sondern ein Forum.

Dass die internationale Presse dennoch in großer Zahl anwesend war, lag an Estella. Seit ihrer bewegenden Rede zur Yakumara galt sie als Stimme der Verantwortung in einer Zeit wachsender Desinformation. Ihr Ruf an die Medienwelt war ein Garant dafür, dass Berichterstattung nicht nur Aufmerksamkeit bringen, sondern Geschichte schreiben würde.

Isabella trat vor die Weltöffentlichkeit. Ohne Schminke, ohne Inszenierung. Nur mit Worten. Sie schilderte die Struktur des Phönixrings, nannte Namen, erläuterte Mechanismen, erklärte das, was so lange im Verborgenen funktioniert hatte: nicht als Machtzentrum, sondern als Manipulationsmaschine. Der Tumult unter der anwesenden Presse war enorm und ließ ahnen, was da auf die Protagonistinnen zurollen würde.

* * *

Die Reaktionen waren heftig. Rücktritte in mehreren Ländern. Eingefrorene Vermögen. Internationale Ermittlungen. Opfer traten an die Öffentlichkeit – nicht in Wut, sondern in Erleichterung. Und auch die Mittäter reagierten: Einige suchten Schutz durch Kooperation, andere tauchten unter. Das System hatte keine Mitte mehr – und darum fiel es schneller, als viele erwartet hatten.

Auch Isabella stellte sich. Noch am selben Abend übergab sie sich freiwillig der Justiz – nicht als Flucht vor Verantwortung, sondern als Konsequenz. Die Staatsanwaltschaft eröffnete ein Verfahren, ließ sie jedoch unter Auflagen auf freiem Fuß: Die Welt sollte sehen, wie Umkehr aussehen konnte, ohne sie mit Verklärung zu verwechseln.

Doch es blieb nicht bei der Offenlegung.

Wenige Tage später präsentierten Estella und Isabella gemeinsam ein Projekt, das mehr war als Rehabilitierung: die Gründung eines unabhängigen Instituts für digitale Aufklärung. Ziel war es, Manipulation sichtbar zu machen, Netzwerke von Desinformation zu entlarven und neue Standards im Umgang mit Wahrheit zu setzen.

Isabella sollte die Leitung übernehmen – nicht trotz ihrer Vergangenheit, sondern wegen ihrer einzigartigen Einsicht in deren Mechanismen.

Doch sie rang mit sich. Mehrere Tage verbrachte sie allein, fernab jeder Öffentlichkeit, bevor sie ihre Entscheidung traf. In einem Brief an Estella schrieb sie:

> *Ich weiß nicht, ob ich dieser Aufgabe gewachsen bin. Ich habe gelogen, um zu herrschen. Jetzt soll ich kämpfen, um Wahrheit zu schützen. Aber vielleicht sind genau das die richtigen Hände – solche, die einmal zerstört haben, um nun zu bewahren.*

In einem späten Gespräch gestand sie Estella: „Ich sehe jetzt, was auf der Welt lastet, wenn Menschen Wahrheit verdrehen, um Macht zu gewinnen. Fake News sind nicht bloß ein Irrtum. Sie sind Spaltung. Sie reißen Familien auseinander, Städte, ganze Gesellschaften. Sie machen aus Zweifel Waffen und aus Fragen Mauern. Und das ist kein Kollateralschaden – das ist Methode. ‚Teile und herrsche' ist das alte Prinzip jeder Tyrannei."

Estella hatte nur genickt. „Und du kannst jetzt helfen, diesem Prinzip die Kraft zu nehmen."

„Dann will ich es versuchen", hatte Isabella geantwortet. „Nicht, um mein Gewissen zu erleichtern. Sondern, weil damit alles endlich einen Sinn ergibt."

Die Entscheidung wurde öffentlich diskutiert – kritisch, leidenschaftlich, aber am Ende mit einer Zustimmung, die Respekt bedeutete. Isabella war nicht mehr die Architektin der Täuschung. Sie war zu ihrer Zeugin geworden.

Als Isabella und Estella die Gründungsurkunde des Instituts unterschrieben, geschah das nicht aus Kalkül – sondern weil sie wussten, dass dies der einzige Weg war, die Verantwortung Isabellas zu etwas Positivem weiterzutragen.

Der Phönixring war gefallen. Doch aus seiner Asche
entstand etwas anderes: kein einfaches
Gegenprogramm. Sondern eine klare Stimme gegen die
boshafte Verzerrung der Welt.

KAPITEL 14: DAS GEBROCHENE HERZ EINES VATERS

Einige Wochen nach der Pressekonferenz kehrte Estella in das Anwesen der Lorients zurück, das sie seit dem Beginn des Kampfes gegen den Phönixring kaum noch gesehen hatte.

Die Mappe lag unten in der Schublade ihres Schreibtischs. Estella hatte sie seit Jahren nicht mehr geöffnet. Aber nun, in der Stille eines späten Abends, zog sie sie hervor. Darin: Kopien alter Briefe, ein Foto, ein letzter Brief ihres Vaters.

Das Foto zeigte ihn jung, mit ernstem Blick und einer Neugeborenen im Arm – Estella, eingehüllt in Leinen, die Augen geschlossen. Die Szene war liebevoll, fast zärtlich. Aber Estella wusste heute: Das Bild war nicht Sinnbild für das Gefühl, das ihr Vater im Herzen trug.

Der Brief war in sachlich kühler Handschrift verfasst. Keine Entschuldigung. Keine Reue. Nur ein Überblick über Vermögensverhältnisse, ein paar nüchterne Ratschläge, wie man sich im Leben zu behaupten habe. Der Ton klang mehr nach Geschäft als nach Familie.

Estella hatte nie geantwortet. Nicht aus Trotz – sondern weil es nichts zu sagen gegeben hatte. Die Leerstelle zwischen ihnen war nicht das Ergebnis eines Streits. Sie war das Echo einer Abwesenheit, die nie benannt worden war.

Sie legte die Papiere zurück und trat ans Fenster. Draußen war die Welt still geworden. Und sie spürte, dass der eigentliche Bruch nicht zwischen ihr und

Isabella verlaufen war – sondern zwischen ihr und dem Mann, der sie einst hätte schützen sollen.

Er hatte es nicht gekonnt. Nicht, weil er sie nicht liebte – sondern weil er die Frau, die Estella das Leben geschenkt hatte, nie hatte loslassen können. Die Schuld an ihrem Tod war wie ein stilles Gift in ihm gewesen. Die zweite Ehe war ein Versuch, Normalität herzustellen, für Estella, für sich selbst – und ein Fehler, den er nie vor Estella eingestand, den er aber zutiefst bereut hatte. Als er sich schließlich zurückzog, war er bereits ein gebrochener Mann. Auch er war ein Opfer dieser Tragödie geworden – wie Isabella, wie sie selbst. Vielleicht war sein Herz tatsächlich gebrochen gewesen, bevor es aufhörte zu schlagen.

Estella spürte keine Wut mehr. Kein Aufbegehren. Nur ein leises, endgültiges Wissen: dass man Glück nicht machen kann. Und dass es allen Widrigkeiten in ihrem Leben zum Trotz dennoch gewachsen war – an anderen Orten, mit anderen Menschen.

In diesem Moment wusste sie: Das, was sie nun weitergab – Verantwortung, Nähe, Vertrauen – war aus jener Leere geboren, die sie überlebt hatte. Nicht trotz, sondern wegen all dem, was ihr gefehlt hatte.

KAPITEL 15: WAS BLEIBT

Die Gärten lagen still. Der Flieder war in voller Blüte, das Wasser im Brunnen plätscherte leise. Und doch hatte sich alles verändert. Emanuel war noch unterwegs, würde sich aber bald mit ihr treffen: Zu lange waren die beiden von Pflichten vereinnahmt worden, und sie sehnten sich nach Zweisamkeit ohne Störung. Doch zuvor gab es noch einige persönliche Dinge für Estella zu erledigen – Herzensangelegenheiten.

Sie reiste allein nach Annecy, um Lucien noch einmal aufzusuchen. Er hatte sich nach den Ereignissen endgültig zurückgezogen – nicht aus Altersgründen, sondern weil er sich selbst im Spiegel der Ereignisse nicht mehr als Kontrollinstanz sah. „Es ist Zeit, dass andere übernehmen", hatte er in seiner letzten Nachricht geschrieben. „Ich bin besser im Schatten geblieben, als ich es je im Licht sein werde."

Lucien lebte nun in einem kleinen Holzhaus oberhalb des Sees. Kein Handy-Empfang, kein WLAN, nur Bücher, Werkzeuge und eine alte Kaffeemaschine. Als Estella ankam, saß er auf der Veranda und las.

Sie reichte ihm ein kleines, flaches Kästchen. Darin: ein gläserner Datenchip, versiegelt in Acryl, aus dem Serverraum des Phönixrings. Nicht funktionstüchtig – nur Symbol. Für den Moment, an dem alles endete und Lucien einen seiner größten Triumphe feierte.

Lucien nahm es ohne Worte entgegen. Sein Nicken war Anerkennung. Und Abschied – nicht für immer. Wenn Estella rufen würde, wäre er jederzeit wieder zur Stelle.

* * *

Zurück in Genf traf sich Estella mit Marguerite, die dort
für einige Tage Urlaub machte und Verwandte
besuchte. Sie wählten das Café Remor im Herzen der
Altstadt – ein traditionsreiches Lokal mit
Jugendstilfassade und runden Marmortischen.
Marguerite war schon dort, als Estella kam. Sie trug
legere, aber schicke Kleidung, ihre Haare locker
gesteckt.

„Sie sehen erschöpft aus", sagte sie ohne Umschweife,
als Estella Platz nahm – so locker sprach Marguerite
sonst nicht mit ihrer Herrin.

„Sie auch", erwiderte Estella. Beide Frauen mussten
lachen. Dann bestellten sie Tee und Brioche.

Sie sprachen über nichts Großes – nur über das Wetter,
einen Zeitungsartikel, die neue Sorte Tee, über
gemeinsame Erlebnisse der vergangenen Wochen. Und
doch war es ein Moment voller Bedeutung. Als

Marguerite ihre Hand kurz auf Estellas legte, sagte sie leise: „Ich war nie nur Ihre Angestellte, das wissen Sie."

Estella sah sie an. „Ich weiß. Und ich war nie nur Ihre Arbeitgeberin." Und beide wussten: Ab diesem Moment würden Sie sich nie mehr mit dem formalen Sie anreden. Sie anerkannten, dass sie Freundinnen sind, von denen zufällig eine der anderen ein angemessenes Gehalt bezahlt.

Am selben Abend checkte Estella am Ufer des Genfer Sees ein, wo Emanuel bereits wartete – in einem kleinen, ruhigen Hotel, das sie einst zufällig gemeinsam entdeckt hatten. Der Himmel war klar, die Luft kühl.

Sie verbrachten die Nacht miteinander – nicht nur aus Sehnsucht, sondern aus Verstehen. Zuerst sprachen sie lange, flüsterten in die Dunkelheit hinein, als wollten sie jeden Satz aus den Wochen des Schweigens nachholen.

Dann berührten sie sich – vorsichtig, langsam, mit einer Vertrautheit, die nichts erklären musste.

Emanuel streichelte ihre Schultern, küsste ihre Schlüsselbeine, folgte der Linie ihres Rückens mit der flachen Hand. Estella ließ sich fallen – mit Haut, Herz und Gewissheit. Als er sie nahm, geschah das nicht aus Begehren allein, sondern aus dem tiefen Wunsch, sie beide zu verankern. Ihre Bewegungen wurden rasch inniger, fordernder, bis sie sich wie Wellen ineinanderlegten. Schweiß glänzte auf ihrer Haut, Atem wurde zu Sprache, Körper zu Versprechen.

Später lagen sie ineinander verschlungen, das Laken über den Hüften, die Stirn aneinander gelehnt. Kein Wort wurde mehr gesprochen – und doch verstanden sie sich besser denn je. Die Nacht, die sie teilten, war nicht Rückzug von der Welt. Sie war Ankunft im einzig richtigen Leben.

„Weißt Du … was wir brauchen ...", sagte Emanuel schließlich leise, „ist nicht weniger Verantwortung. Sondern mehr Zeit für das, was uns schützt."

„Für uns", sagte Estella.

„Genau das."

Sie schliefen spät ein. Nicht aus Erschöpfung, sondern in wahrem Frieden.

KAPITEL 16: HEIMKEHR

Der Morgen dämmerte in mattem Gold, als Estella am offenen Fenster ihres heimischen Arbeitszimmers stand. Der Flieder war fast verblüht, der Himmel über dem Garten ein stilles Versprechen für einen Tag, der strahlen sollte. Sie trug keinen Schmuck, keinen Duft – nur ein weiches, lichtes Hemd über ihrem sonst bloßen, geschmeidigen und samtig schimmernden Körper, sie stand barfuß auf dem angenehm kühlen Steinboden. In der Ferne zog bereits tuckernd ein Traktor seine Bahnen, irgendwo bellte ein Hund. Die Welt erwachte. Sie war wieder hörbar.

Auf dem Schreibtisch lagen Briefe. Dankesworte von Menschen, die sie nie getroffen hatte, aber doch wussten, welche Rolle sie innehatte bei der Vernichtung des Phönixrings. Dazwischen: ein Entwurf für die Satzung des Instituts, eine Einladung zu einer Konferenz in Brüssel, ein handgeschriebener Zettel von Isabella: *„Wir lernen. Und wir wachsen. Gemeinsam."*

Estella nahm eine Tasse Tee, wärmte ihre Finger daran. Sie dachte an Lucien in Annecy, an Marguerite bei ihrer Familie in Lyon. An Isabella in Genf – wie sie ihre Rolle gefunden hatte, nicht als Strategin, sondern als Mahnerin, als kluge Stimme in der Debatte um Wahrheit und Verantwortung. Und an Emanuel, der noch schlief, wenige Räume entfernt – sein Atem gleichmäßig, sein Körper endlich zur Ruhe gekommen.

Estellas Ruhe war nicht kraftlos. Sie war ein leuchtendes Innehalten.

Sie wusste: Die Welt würde nicht aufhören, Fragen zu stellen. Und auch nicht damit, neue Lügen zu produzieren. Aber diesmal stand sie nicht allein. Diesmal hatte sie eine kraftvolle, ermutigende Geschichte, ein Fundament – und Verbündete, die ihre Schatten kennen und ihre Stärken teilen.

Ein leichter Wind strich durch das halb geöffnete Fenster, bewegte kaum hörbar die Vorhänge, spielte mit ihren schimmernden Strähnen. Estella schloss die Augen und genoss den Moment, der nur ihr gehörte.

Es würde nie ganz ruhig werden. Aber diesmal war sie bereit. Für all das, was kommt. Sie war nicht allein.